蔡有利 채유리———— 著　尹嘉玄————譯

是我。

嘿嘿，
很多人說
我是童顏。
(只有在漫畫裡…)

唔…

應該收
曝光費的…

這兩位是我爸媽。

然後以下是我的主角們。

博多和查古　2003年生，
大邱市某巷口出身的親姊妹。

巧可

2004年生，
水源市某倉庫出身。

波比　2009年生，
釜山某圍牆出身。

博多(♀)

查古(♀)

巧可(♀)

波比(♂)

1.人生自古誰無糗

🐾 外星人查古 🐾

ㄎㄎ…這傢伙…

鑽進…

幫你蓋起來。

呼嚕嚕~
呼嚕~
呼嚕嚕~

自由落體巧可

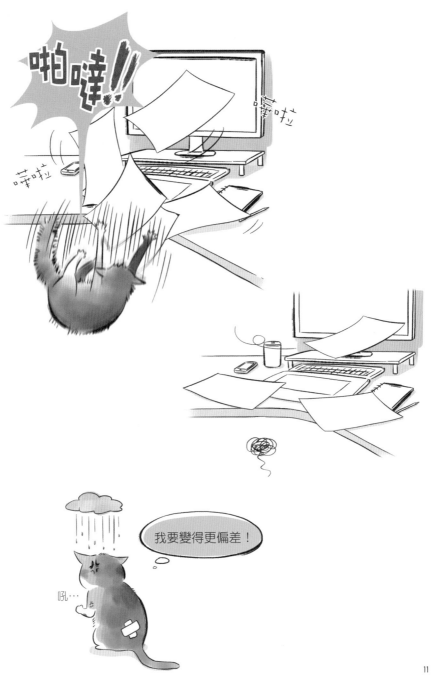

11

🐾 胖子博多 🐾

博多則是…身材本身就很糗。

搖晃

翻身   舔舔

博多
這是在烤肉嗎？

呼…

翻身

喝！

辛苦囉～

看起來真可口…

注視…

伸展一下雙手…

擠—
擠—
??
喵~

不知為何會令人想伸手去「擠奶」的身材…

※貓咪是肚子容易下垂的動物。

不過那還稱不上是博多
最糟的事蹟…

🐾 飛吧波比 🐾

飯後

喝杯咖啡的悠閒時光⋯

啜

嗟嗟嗟

呵呵呵⋯

喵～

喵嗚～

陪我玩…

每次看見波比叼著玩具
跑來找我玩，都會覺得
實在很可愛。

別再拿玩具來啦，
小子…

哇～波比～
想要媽咪
陪你玩啊？

不過，
每天這樣反覆叫我陪他玩，
其實也會有點…煩。

但是…
為了這傢伙，這點小事
還是可以做到的…

不知道他是不是心裡留下了陰影…

最近叼著玩具來找我，都會在中途就放下。

2.愛不必說出口

波比來到這個家這些年，
貓咪們之間的關係慢慢起了變化。

原本每天都會咬
波比的博多…

大姊，我已經不是
當年那個波比了…

你這小子！！

嗚阿阿阿！！

現在氣勢已經稍微輸給波比…
但是比起從前，
他倆變得更加和睦。

24

停一
先等等。

兩隻貓的食性和性格
也有許多相似之處，所以很合拍。

喵～

水汪汪 水汪汪

期待期待～

然後波比和巧可則是…

每天都還是
不停打鬧…

最近發現…

其實巧可好像
也有點享受和波比
打鬧的過程。

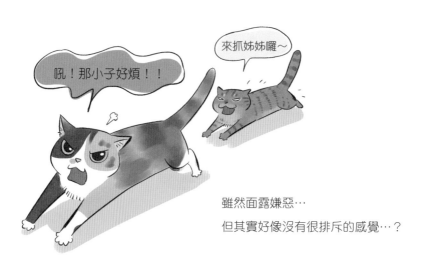

雖然面露嫌惡…
但其實好像沒有很排斥的感覺…？

總之，
不論是和博多或巧可，
感覺都比之前關係好很多…

唯有查古…
關係好像比以前更糟。

她應該是真心討厭波比。

查古的體型比起其他貓咪來得瘦小，

所以可能性格也比較敏感一些。

查古是太敏感，
波比則是太調皮…

也就是敏感的姊姊
和調皮的弟弟…

怎麼有一種熟悉的感覺…？

從前從前…

不准動我的東西！
你敢動就死定了！！

小時候
特別難搞的
姊姊

…曾經也是這樣…

怎樣？
我就是動了，
你想怎樣？

看來不管是人或貓…
共同點還真多啊。

其實查古和波比有一段時期
也經常上演溫馨畫面。

呵…
當時真的很
感人的說…

約莫六年前的冬天…

某天深夜，

嗯？

喵嗚～

隱約傳來波比的哀嚎聲。

慘了，好像有一段
時間沒看見這小子了…

該不會被鎖在隔壁房了吧？

呼…

黑漆漆的夜裡，
查古靜靜地
趴在緊閉的陽臺門前，

然後波比
則是站在門外哀嚎。

起身…

輕輕

牽手。

實際影片可以在這個網頁觀賞：

http://webtoon.daum.net/webtoon/viewer/23572

完

3.好冷的冬天

因為小傢伙們的廁所放在陽臺…
所以窗戶都會打開讓他們自由進出…

但是每到冬天，開著窗戶這件事情總是令我非常困擾。

於是，我特地購買了可以當作替代方案的產品…

雖然比起之前完全沒有遮擋時已經好很多，

但還是不能徹底阻絕冷風吹進來…

尤其寒流來襲的日子，房間根本和西伯利亞沒兩樣。

世界級的愚蠢程度。

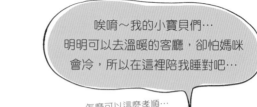

唉唷～我的小寶貝們…
明明可以去溫暖的客廳，卻怕媽咪
會冷，所以在這裡陪我睡對吧…

怎麼可以這麼孝順…

波比這個叛徒！

呃啊～
今天好冷…

從此以後…

只要是寒流來襲的冬天…

打包

打包

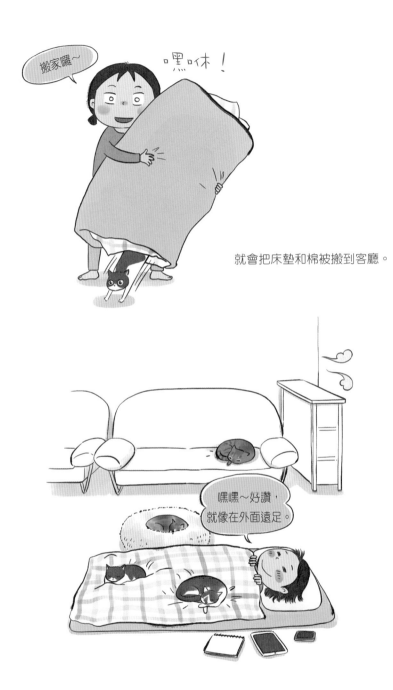

就會把床墊和棉被搬到客廳。

🐾 和聖誕樹共眠 🐾

只要躺在一閃一閃的聖誕樹旁…
就會想起小時候的回憶。

嘻嘻~

呼…

一覺醒來發現，

哇!!

頭頂上擺著漂亮的禮物盒。

事隔很久之後才知道，
原來送我那份禮物的人，
正是我哥。

時光飛逝，

如今，雖然我的頭頂上已經不會再有人為我放禮物，

但是我人生中最大的禮物們，時時刻刻都在我身旁呼吸著。

喀沙

　喀沙…

啪沙啪沙沙…

唔…

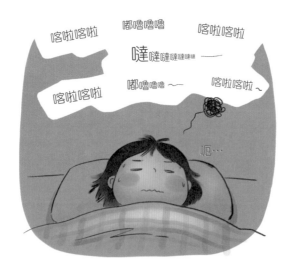

雖然睡覺可以去客廳…

但是工作時…

好冷…

…也好孤單。

他們之所以願意和我

擠在一起睡…

我想應該是因為那條

棉被的關係。

4.今天來釣貓

雖然逗貓玩具百百種…

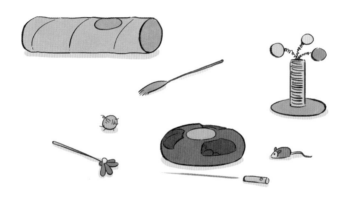

但是到目前為止，
在我使用過的玩具當中，

釣竿類是最實用的。

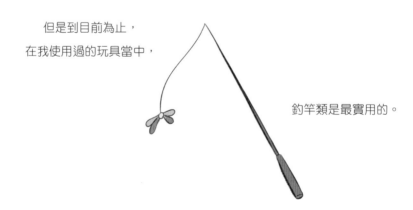

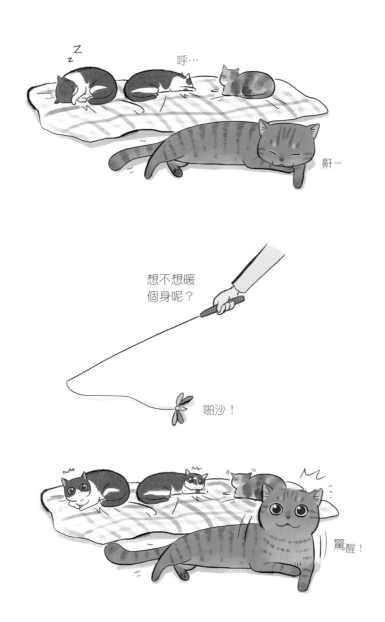

Z z z

呼…

鼾─

想不想暖
個身呢？

啪沙！

驚醒！

能夠讓原本熟睡中的貓咪也瞬間醒來。

他們玩釣竿的樣子看似相似，
其實個個都有屬於自己的風格。

博多：潛伏型

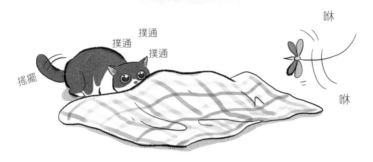

懂得善用地形地物（？）
躲藏起來，等待機會。

一逮到機會就毫不猶豫⋯

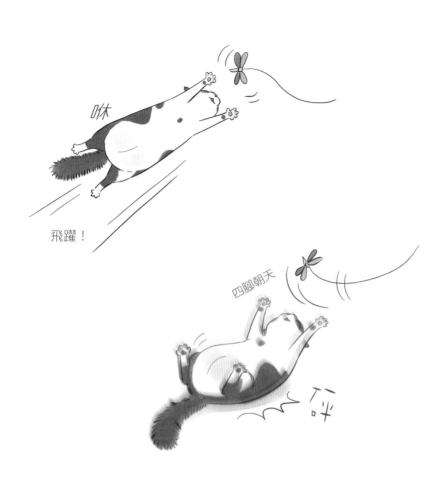

咻

飛躍！

四腳朝天

砰

砰！

明明看見釣竿很興奮，

卻會跑去莫名其妙
的地方猛抓一通。

巧可：石頭型

她不太容易動起來。

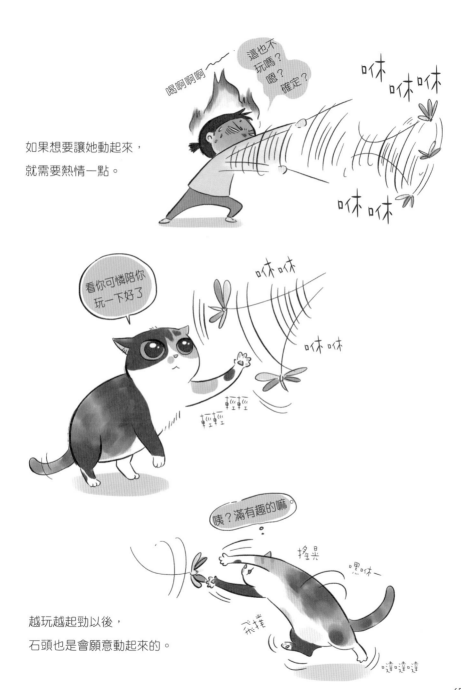

如果想要讓她動起來，
就需要熱情一點。

越玩越起勁以後，
石頭也是會願意動起來的。

波比則是…

集各種風格於一身…

波比：野獸型

跳

嘿咻

雖然隨著年齡增長，

身手已經不如以往矯健，但還是青春洋溢。

只要認真飛撲
捕獲到獵物…

就會得意洋洋地
拖去小角落。

如果還想繼續玩
就再拿過來。

不是我不陪你玩,
是你自己走掉的哦。

太好了,
我還嫌麻煩呢。

嘿嘿

原本到這個時候

自給自足型

波比就會轉變成這一型。

波比其實滿會操控釣竿的。

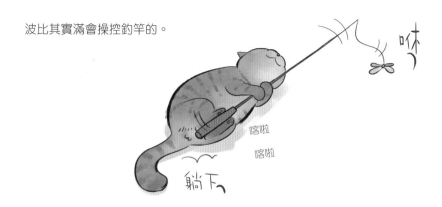

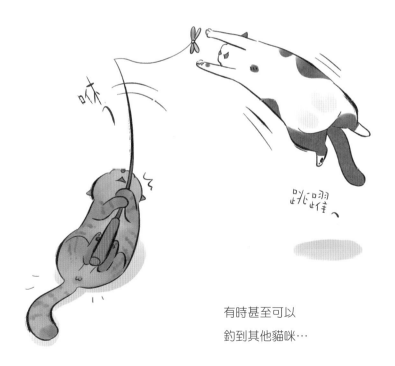

有時甚至可以
釣到其他貓咪…

然而，原本是釣魚高手姜太公的波比，
隨著年齡逐漸增加⋯
也不再這樣自娛娛人了。

直到某天⋯

嗯…？

陪我玩。

拖 拖

陪我玩型

終於升級（？）成了這一型。

天啊…？

不是叫我拿給你嗎…

陪我玩吧

當下不知道有多開心…

啊～
波比好聰明！

陪我玩～

再拿來…

玩完…

又拖走…

啊～

再拿來…

玩完…

又拖走…

再拿來…

我不玩了！

放棄！

大概玩一玩就好了啦。

喵～

呵呵…

可不可以重新回到從前啊？

完

5.人生是進行式

前陣子意外發現…

哦？
這個網站還在耶？

十年前出於好玩而開設的
「博多和查古」專頁。

然後我登入進去，看見了一段當時寫下的心得文：

貓碗裡的水永遠都不會好好裝著，
每次都會被灑得滿地都是，真是…

真希望可以有個空間讓他們盡情跑跳玩耍，
我自己也很想要有個更大的空間，
每天觀賞他們玩耍的模樣。
但是似乎遙不可及的夢…唉～

回想過去，

我的人生好像都是以十年為單位面臨一次轉折。

還記得

從現在算起二十多年前。

1993年3月，

需要搬離

兒時跑跳玩耍的老家那天，

我曾默默許下心願。

十年後…
我一定會重回這個家，
我會再回來的。

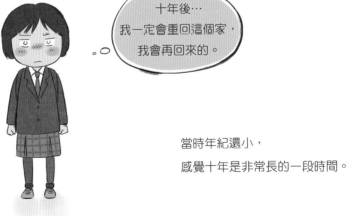

當時年紀還小，

感覺十年是非常長的一段時間。

但是…

十年後的2003年3月，

我離開了故鄉大邱，
北上到首爾工作。

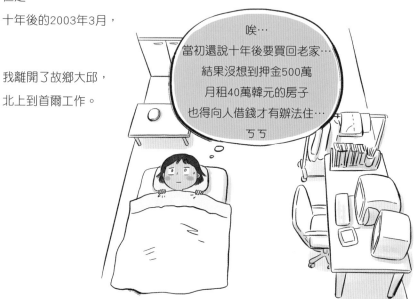

唉…
當初還說十年後要買回老家…
結果沒想到押金500萬
月租40萬韓元的房子
也得向人借錢才有辦法住…
ㄎㄎ

離開家人獨自在陌生城市裡重新開始，
那是我人生的第二個轉折。

後來遇見了查古。

嘿嘿嘿嘿…

查古查古～♡

當時我還不知道，
那麼信賴的新公司，
即將面臨倒閉，

所以不久後，我必須搬去押金500萬
月租20萬韓元的房子，

還在那狹小的房間內，
再養了一隻博多。

雖然當時情況出乎意料之外糟糕⋯
但是既然已經決定接納為家人，
就沒有想要放棄的念頭。

都養不起自己了，
還要養貓？

貓還是送給
其他人吧。

就算放路邊
他們也會想辦法
活下去的，
你要過自己的
人生啊。

不⋯
小肥肉的事情已經夠我難過的了
（請參考《給他貓下去》），要是又選擇放棄，
那麼我這輩子都沒有養動物的資格了。

那些心痛的往事，
成了我生命中的遺憾。

失去小肥肉的經驗，
也成為我守護查古和博多的力量。

誰的人生沒有起起伏伏，要是不斷找這個理由、那個理由，那麼這世上還有多少人能夠永遠守護一個生命呢？

可能因為經歷過四處流浪的十年生活，
所以不會覺得那個小小隔間房有多寒酸。

早上十點到十一點⋯
陽光可以
照進房內的唯一時段⋯

是啊⋯之前還住過
整天不見天日、
比這更小的房間，
在塑膠屋裡也住了六年，
這裡已經很不錯了⋯

1993年搬離老家後，
我曾和姊姊住過大邱市內
某間店鋪裡的小房間。

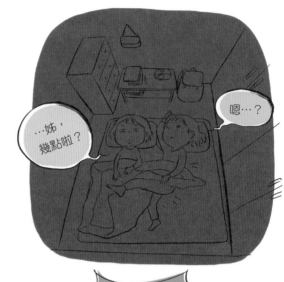

只塞得下兩人的房間…
因為沒有對外窗，
白天也像黑夜般漆黑。

明明距離學校不遠，
卻因為經常遲到而受罰。

失去老家的失落感，

初次面臨的貧困生活。

然而，

讓我可以撐過那段時間的最大因素，是家人。

你去讀美術吧，
你是畫畫的命，
就算媽借錢也會讓你念完，
重新去學吧。

…真的嗎…？
…真的可以嗎？

上高中前短暫學過美術的
我，因為家庭經濟狀況不
佳而放棄。高二下左右，
因為媽媽的決定和學校美
術老師、補習班老師的幫
助才得以重新開始學習。

媽媽則是讓原本放棄夢想的我重拾希望。

曾經，有一位知道我們家境的人問過我。

會不會很辛苦？

← 高中部的教會老師

辛苦…對我來說是吃飽太閒才會說的話…

因為就算再苦，爸媽一定比我更辛苦…

哥哥姊姊也比我更苦…

在他們的保護傘下成長的我，

「辛苦」這個念頭本身就是一件奢侈的事。

事隔十年，離開家人獨自在外生活時…

呼～
好辛苦喔…

好想回家…

想媽咪了…

才像個孩子一樣不斷嚷嚷著好辛苦。

我真的是很幸運的人，至少碰上的都是還算撐得過去的事情。

看著水碗不斷翻倒而無奈的我，

幾個月後，搬進了稍微寬敞一點的房子…

後來我的心願是想要為他們買一座貓塔。

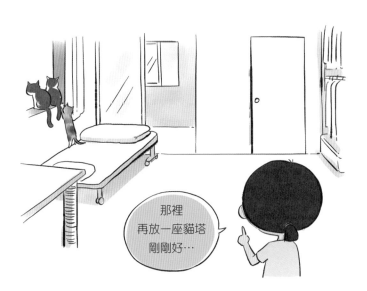

又過了十年後的今天，重新回顧一切，

很慶幸自己當時許下的那些心願，都逐一實現了。

再過十年，我又會過著什麼樣的生活呢…

究竟會活得比現在更精彩…

還是會比現在更潦草，誰也不曉得…

只希望我可以永遠記得，

十年前、二十年前，以及三十年前的自己…

我會重新把我們
家買回來的…

不，
你買不回來了。

應該說，
你不會想要
那棟房子了。

因為你愛的不是那棟房子，而是在那裡生活的回憶點滴。

不過別太擔心，你會活出更美好的人生。

但…這位大嬸您是…？

看看
這法令紋。

一個小孩子

在那裡說什麼人生大道理？

還說辛苦是吃飽太閒才說的話？

擺什麼臭架子～

還有，十年後

你要靠什麼買回房子⋯

三十年後

6.記得當時年紀小

有時候會回頭看看

當初草創時期畫的博多和查古漫畫…

會重新發現他們

有別於現在的一些樣貌。

🐾 紙箱爭奪戰 🐾

（2005）

做夢都不敢奢望購買貓塔的時期，
光是一個小紙箱，就玩得很過癮的博多、查古和巧可。

果然不出我所料，
小傢伙們馬上就愛上了那個紙箱。

很好很好，
非常好～

果然紙箱要
擠一點才舒服

對我來說
剛剛好。

很舒適，
很舒適。

唉－那些胖子，這完全
就是為我設計的嘛。

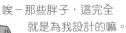 當時是巧可
體型還很瘦小的時期。

後來甚至…
演變成爭奪紙箱大戰…

搶走後又被搶…
不分勝負的紙箱爭奪戰上演了好一陣子。

某年冬天…

天啊天啊～
我竟然養了一隻天才貓～

居然是一隻對家具設計
有天分的貓！！

實際上在那之後，
我確實親眼目睹過幾次她叼著墊子
拿去自己想放的地方使用。

哇！

怎麼可以
這麼可愛！！

巧可的那個紫色墊子，最終隨著她的體型逐漸變大而不再使用。

※原本像粉紅豹一樣瘦，
　但是自從結紮後，
　就開始往橫向發展。

在那之後，就再也沒看過她用嘴巴叼著墊子了。

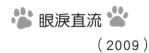

眼淚直流

（2009）

收到了幾綑小蔥的媽咪，
決定把它醃成蔥泡菜。

剛好特別辛辣。

小蔥的嗆辣氣味衝出廚房，
甚至蔓延到整個家裡⋯

啊！完全張不開眼！！

不僅把我辣哭⋯

⋯怎麼會這樣？

這是
怎麼回事啊⋯

眼睛怎麼
突然
這麼辣⋯

博多、查古、巧可也
都被搞得淚流滿面。

一起大哭一場後，感覺比以前
關係更緊密了。

區區幾滴淚，不會輕易讓你們看見的。

那是我這輩子遇過最辣的小蔥，

一把鼻涕一把淚的，讓我們建立了更濃厚的革命情感。

醒了就出來吃飯囉～

惺忪…

呼啊～

博多、查古、巧可
因為從小就只吃貓飼料，所以對人類的
餐桌沒有太大興趣。

擦擦〜

準備好了嗎？

喵〜

但是波比這傢伙…

每次都會先衝去餐桌。

快點快點〜

噠噠噠噠

113

來，來…你看，這是大醬湯，是你不能吃的，知道嗎？

然後這是辣炒鮪魚，太辣了，你也不能吃。

聞聞

聞聞

算了，還是來舔毛好了…

碰上沒興趣的食物時，

他會自己知難而退，

但是有時候，
也會有強烈誘惑波比的食物
在餐桌上。

我也想吃一口～

嘿 咻…

靠賣萌取勝的傢伙。

雖然有時候會狠下心，
決定不再被那小子的
賣萌攻勢擊倒，

不行，
這個太鹹你不能吃。

嚼嚼…

啊…

望眼欲穿…

嗚嗚，
我輸了…

來吧…給你，
吃完就沒有囉！

阿~

但是最終，還是會對這
執著的小子心軟。

※建議從一開始就不讓他們吃。

🐾 一起吃吧 🐾

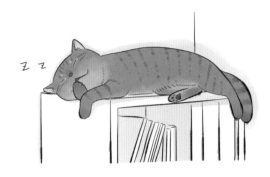

咕嚕
咕嚕

有時候媽咪會在家裡炸雞。

啊⋯
一定非常好吃～

輕飄　　　　輕飄

他應該是不好意思
吵著要阿嬤分他吃。

才不是，
應該是怕他媽肚子餓
所以把你帶出來…

都只會吵著
要我餵他。

ㄎ
ㄎㄎ

是孝子啊
孝子…

卡滋 卡滋

總之，感覺波比
真的很喜歡我。

哇哈哈哈…

拍拍

偶還要～

喵～

我也要～

其實只是看你最好講話…

🐾 你一口，我一口 🐾

因為有個很愛湊熱鬧的波比，
導致我連吃零食的時候，
都要戰戰兢兢。

想吃點零食…

但波比一定又會湊上來吧？還是算了…

又不可能偷偷把餅乾融化在嘴裡吃掉…

那我們來一起吃這個好了。

輕輕
　輕輕

要烤兩次～

因為我喜歡吃的餅乾剛好都合波比的口味，所以也逐漸減少吃零食的次數了。

（喜歡的口味居然和波比一樣…）

至少可以讓我倆分食的零食，

是烤海苔。

（分食一點點沒有調味過的

烤海苔是沒有關係的。）

視海苔如命的兩個人。

（其實波比吃不多。）

完

8.搞笑姊妹花

這樣看來，

我們家的四隻貓好像角色都滿鮮明的。

完全沒有重疊…

陪我玩～

擔任可愛、

聰明和噴毛角色的波比。

孤獨的小野獸巧可。

啪

美麗高傲，
但又有點瘋癲的查古。

還有…
兼具嚴肅與搞笑於
一身的博多。

特技：嚴肅地搞笑。

129

過去因為紅色塑膠鬼

啪沙沙

啪沙

塑膠鬼！！

塑膠鬼！！

※請參考《貓出沒注意》

而登上明星寶座的博多…

哈？

誰是明星？

唔…
唔…

怎麼有人可以
那麼厚顏無恥…

天啊，
太丟人

就…就姑且說他是明星吧。

其實在她很小的時候，並非走諧星搞笑路線。

負責可愛、貪吃、
純真角色　→

還沒定位成漂亮角色前，
負責搞笑的其實是查古！

好吧，在講述搞笑的博多以前，
先讓我們看看查古的搞笑時期吧。

十多年前，

嗝~

好飽。

一整天在外面處理事情
回到家的我…

看見和博多一起奔跑玩耍的查古
肛門上黏著奇怪的東西。

哦？
那是什麼？

那是一條不知從何而來的細長白線。

這…是什麼？
怎麼會有這條東西
卡在肛門？？

？

？

？

真是怪了…

從線的外觀如此乾淨看來，
推斷應該不是從
體內排出的…

那麼就表示
是從外部放入
肛門的意思…

但…要能夠放進這條線…

也就是說，不知從哪裡找來這條線的查古…

啊？

喝啊…

呃…

喝…

呃…

努力透過肛門的縮放運動…

欽欽～
你要看一個有趣的東西嗎？

蛤？什麼？

鏘鏘～蛔蟲遊戲～

‥‥‥

將那條線夾進肛門裡
的意思囉？！

歐麥尬。

真的只能對查古的幽默
才智表示讚嘆！

這應該花很大力氣
才夾進肛門裡的，
拔出來好像也不是…

呼…

神奇的是線頭真的只有
稍微卡在肛門口處。

除此之外，查古還會…

自行爬上晾衣架，

化身為小什嘓乾的香腸。

咳
咳咳

噁─

博多～
不舒服嗎？
怎麼辦
才好啊～

嗚…

迅速將嘔吐物
吃個精光的女子…

總之，
小時候有著搞笑基因的查古，

隨著年紀增長，
形象也轉變了，

現在請叫我
性感查古～

反而是博多
開始走搞笑路線。

難得來用一下
水彩吧？

卡嚓 卡嚓

嗯…

嗯？

…這是在幹嘛？

逼哩

逼哩

I am your father…

要嘛不是把
寶特瓶套在頭上，

這…
究竟該哭
還是該笑…

不然
就是用我的衣服
來走秀。

然後這傢伙經常把自己想得太理想，

很好，
對我來說剛剛好。

不是把自己塞進
非常小的紙箱裡，

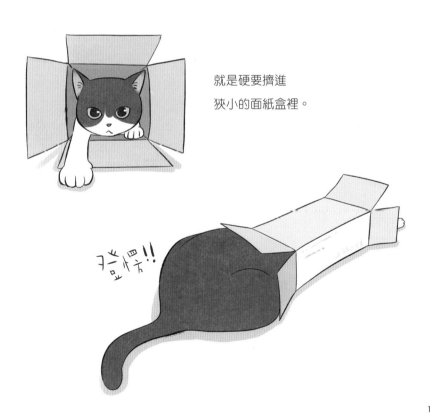

就是硬要擠進
狹小的面紙盒裡。

咯咯!!

然後突然
自己嚇自己，

縮在面紙盒裡
四處狂奔，

那番景象實在很難不令人
笑到噴淚。

博多最近則是…

嘩啦～

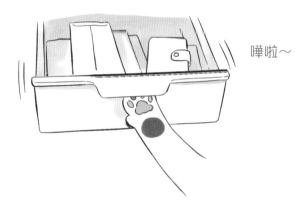

虎視眈眈地
緊盯書桌旁的抽屜。

咯沙

咯沙

喀沙 喀沙

丟

啪 啪啦

咑

她好像認為，
只要把抽屜裡的東西通通搬出來，
自己就能夠擠進那個抽屜裡。

別做些無謂的嘗試了，
認清現實吧。

你這胖子死定惹…

唉～蠢蛋。

喵～

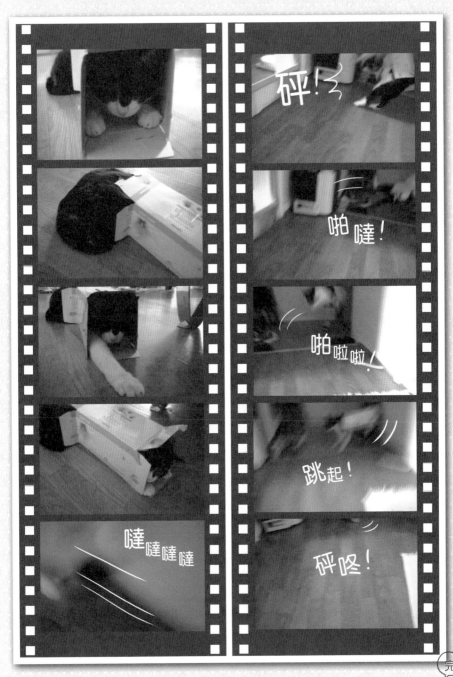

🐾 多眠的野獸 🐾

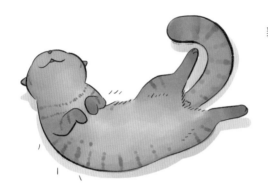

貓咪是多眠的動物。

他們
平均一天有14～16小時
都在睡覺。

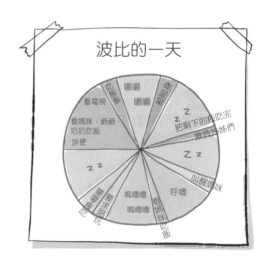

波比的一天

不只是家貓會這樣，
大部分的貓科動物都有相同特徵。

除了捕捉獵物外，

其他時間幾乎都在打滾休息
或者睡覺補充體力。

家貓沒得狩獵，
所以會用遊戲代替。

但我沒有很常陪玩，
對不起你們…T.T

尤其幼貓玩遊戲時像一陣風，
睡著也像一陣風，

噠噠噠噠噠

咬咬！

啪噠
啪噠

呵呵…
這小子，
自己很會
玩嘛…

咦？

突然說睡就睡，
經常害我看傻眼。

怎麼會這樣？？
心臟麻痺嗎？？
還是昏倒了？

明明5秒前還在玩…

嘶— 嘶—

幼貓通常會睡得很沉，
隨著年紀增長，耳朵會越來越靈敏，
越來越淺眠。

淺眠25%
深眠75%

淺眠75%
深眠25%

這些好命的傢伙…

呼…

多眠的人

不過…
其實我也是天生（？）很多眠的人。

從小只要一坐上車（交通工具），

就會睡著…

148

媽媽每次只要帶我搭公車，

就會被睡得不省人事的我，搞得手忙腳亂。

國小上下學時，
我也經常被哥哥
騎機車載送，

因為是在交通不便的
鄉下，哥哥學生時期
就開始騎機車。

轟轟轟

還不快醒來？！
小心掉下去哦！！
給我打起精神來！！

但是坐在機車後座也不例外，
常把我哥搞得膽戰心驚。

吭！

過一陣子，又…

你這臭丫頭！

吼…

其實在機車上睡著
已經不止一兩次了，
但是好險一次都沒有
失去平衡摔下車。

上了國中以後因為經常搭公車，
漸漸找到了站睡的方法。

雖然剛開始
膝蓋經常會扭到，

但是後來
身體也逐漸適應…

高中時已成為站睡達人。

早上上學時，
偶爾會在公車上遇到一位大叔，

來，
坐著睡吧。

…啊？

也不知道是不是看我站著睡太可憐，
有幾次還讓座給我。

睡眼

惺忪

啊…沒…
沒關係的說

…謝…謝謝…

睡夢中被讓座的我，
為了感謝對方的好意，
再度進入夢鄉。

唉…
看來晚上都在讀書沒
睡好呢…現在的學生
功課壓力還真大…

呼…

其實沒讀書，只是單純愛睡覺…

也因為隨處都可以睡著，
所以做夢的機率很高…

高中時，我經常做
「超濃縮型」的夢。

就連超級戲劇化的夢境，

也能夠在短短
3分鐘內做完。

記得好多年前⋯
曾經和朋友L男一起去
西海岸外拍，

今天是假日，
和我們一起去外拍吧。

這樣好嗎？

那天第一次見到
的L男同鄉友人
（車輛持有人）

嘻嘻—
你好？

不過，我的車子是
兩人座耶⋯

沒關係啦—
我坐行李區好了。

有得坐已經
很不錯了⋯

呵呵呵⋯

⋯⋯⋯

於是，那天被初次見面的男子取了樹懶的綽號。

 協同效應

就這樣…

多眠的貓

和多眠的人相遇…

呼…

達到了徹底睡眠的最高境界。

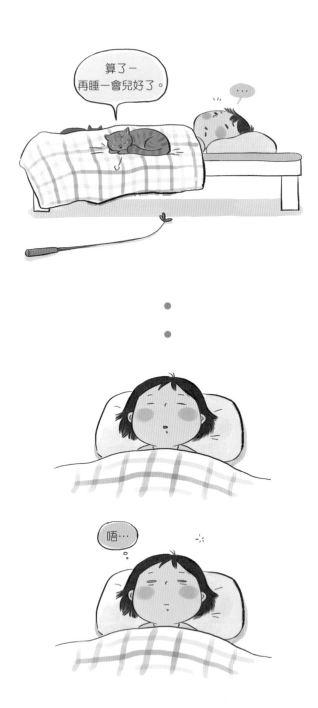

又睡著…

就這樣，我們彼此散播著睡眠病毒，
形成睡眠循環生活。

✛

不過，幸好從某天起，
只要比平時睡得多就會引發頭痛，
變得不能夠再肆無忌憚地睡懶覺。

哎呀—好痛！！

知道了，知道了，
現在就起來。

頭痛
反而救了一個人…

要是她沒有頭痛，
真的差點變樹懶…

自從和貓咪們同住後，我的睡眠確實變得比以前更多了，這群小傢伙每次都睡成這樣，我又怎麼可能獨自一人保持清醒呢。

（完）

10.肚子裡的乞丐

🐾 交出零食來 🐾

閃爍
閃爍

喵～

波比總是有很多要求。

尤其是下午的時候，很喜歡跑來
找我要零食…

吼!!

碗裡的飼料還有剩耶？
把那些吃完就好啦!!

這傢伙
吃東西還看心情！

······

你難道只有吃白飯嗎？

明明就有吃
年糕、餅乾、
泡麵⋯

唉呀，總之⋯
老是吃會胖的，
臭小子。

總覺得老是給他吃零食不好，
也有點嫌麻煩，
所以往往選擇不予理會⋯

← 貓咪
零食櫃

嗚⋯

幾年前發生的事。

寶貝們，
來吃飯飯囉～

（飯飯：飼料）

喵嗚嗚
喵喵～

這是博多的…

這是查古的…

最後再加上
這個…

← 冷凍乾燥鮮雞胸肉
（當時是非常昂貴又難買的產品）

取出
一小塊捏碎撒在上面…
就會有美味的香氣～

哇～感覺好好吃哦～
孩子們來吃飯囉～

嚼嚼

嚼嚼

舔舌

嚼
嚼

喔耶～
我的飯是我的，
大姊的飯也是我的。

嚼
嚼

唔…
還有嗎？

不太夠耶…

哈 哈…

嚼
嚼 嚼

太好吃了…

啊哈哈哈…

嚼
嚼 嚼嚼

嘻嘻~
我吃飽了~

好想睡,
來喝杯咖啡好了…

嗯?

是的，

其實波比並非對任何食物都有興趣。

只要食物不合他口味，

或者吃剩的食物，

就會非常認真，

全心全意地，

想要將食物埋藏起來。

每次只要一進廚房，波比就會跟在後頭用懇切的眼神望著我。
前面波比的辯解很敷衍，問題在於這小子的體型正在逐漸擴大（？）中，
從今以後真的不能再心軟，不過，就先餵完這最後一塊吧

完

哦？
這個到現在
還在耶…

嘿嘿…

巧可～

你還記得
這個嗎？

？

不記得了？
是ㄋㄟㄋㄟㄟ啊

呵呵

……

什麼呢…

十年前，
為了幫巧可人工餵奶而買的奶嘴，
居然還放在書桌抽屜的角落。

已經用不到了⋯

但丟掉又覺得可惜⋯

翻找

翻找

有時⋯
我會很懷念那段時期。

覺都睡不好，時間一到就得爬起來餵奶，幫忙接屎接尿的那段疲憊時期，

那個拳頭般大的小生命，

用那小小的嘴努力吸吮著奶嘴…

連路都不太會走的小傢伙，

居然知道要找

有貓砂的地方尿尿…

（即便如此，還是要繼
　續誘導她排便）

哦哦…

小不點竟然已經在吃姊姊們的飼料了…

卡滋　卡滋

YES！奶瓶BYE了！！

看見她開始吃貓飼料後，
想說乾脆早點幫她戒奶，

＊其實應該要慢慢改吃副食品，但當時是我無知。

那…那個…
我還沒吃南瓜泥…

有什麼味道嗎？

吸吸

吸吸

結果從那時起，就養成了吸我手指的習慣。

雖然沒有很常吸，
但是到現在仍有這個習慣。

給我ㄋㄟㄋㄟ。

來，你想吸哪一根手指
頭？我很忙，快點選。

這隻貓很龜毛，還會挑手指
頭吸，有時甚至會每一根都
吸一輪，但還是覺得不滿
意，乾脆放棄不吸。

總之…
有時候會很懷念當初她還小的時光。

當然，
我更喜歡充滿成熟美的現在…

但是如果可以偶爾變回
小時候的模樣該有多好。

呼嚕嚕…

那就像是好不容易把孩子一手帶大
的媽媽們偶爾也會有的心情。

之前…
我去姊姊家的時候，

ㄅㄅㄅㄅ
所以我才會叫他
小肉肉啊…

你看這個～
那時候真的
好可愛哦！

看這肉肉的
腮幫子…

哈…

這可愛程
度都可以
贏過波比
了…

噴血！

原本沒有很喜歡小朋友，
但是姪子實在太可愛，
客觀來看也覺得可愛。

可愛的小朋友轉眼
已經是高三生 →

看了又看，
照片都快
被看到爛了。

← 國三

雖然長大的孩子們已經
變得穩重可靠，

真想再養個小朋友。

那就再
生一個啊。

可是這種可愛的時
期很快就會過去…

長大後就不聽話了…

但還是會懷念相本裡的可愛時期，

光是人類都覺得那段可愛黃金期過太快，

貓咪更是一晃眼…

瞬間長大。

（當然，在我眼裡
　他們永遠都很可愛）

咚

咚

一旦過了幼貓時期，

接著便會邁入貓咪一生中最可怕的

天下無敵國小貓時期。

哎呀

咬

貓咪社團
救命啊，我們家的貓咪
好像瘋了，我的手沒有
一天是不會被抓傷的，
怎麼辦呢？

要是可以，我也滿想弄幼貓中途（臨時照護）的說…

呃…還是算了…

當初送養波比時，
彷彿被切掉了一塊心頭肉，
害我難過好久…

↘ 請見《給他貓下去》

自己一手餵奶帶大的孩子
怎麼捨得再送給別人…

還是別想了。

再也不想送走有感情的小貓了。

呃呃呃…我無法。

※真心敬佩那些
弄貓咪中途的人。

當初…好像
也是在這時候…

繁衍新生命的季節。

遇見博多、查古的日子是
5月5日…所以應該差不多
也是在這時候出生的吧。

也是許多小貓誕生的季節。

其他人還會幫寵物過生日什麼
的…我和他們生活了十幾年，
居然一次都沒幫他們慶生…

不太記得紀念日的人，
有時連自己的生日都會忘記。

總之，祝福在這季節裡誕生的
所有生命。

+ 　　順帶一提

要是發現身旁沒有母貓，
獨自一人的小貓，

喵
喵

千萬不要馬上用手觸摸，記得先在一旁靜待觀察，
有時候母貓只是暫時離開而已。

只要不是危及性命的緊急狀況，或者確定母貓不會回來了，
其實把小貓留在原地也無妨。
因為小貓在母貓身邊長大是最佳的選擇。

每年只要一到春天，

> 收件匣
> 我撿到了一隻小貓，
> 但不知道該怎麼處理。

> 收件匣
> 我在路邊撿了一隻貓
> 帶回家，但是媽媽好
> 生氣，叫我馬上丟
> 掉，怎麼辦呢？

就會經常收到關於流浪貓的諮詢。

要是他們可以遇到好人家已經是不幸中的大幸，
更多時候是重新被丟回路邊，或者不斷被送養，
有些甚至還會被送進動物收容所裡。

以民眾報案或救援之名，

將剛出生的小貓們送進收容所，

卻在連眼睛都還沒有機會好好睜開前，成為小天使的故事也經常可見。

（有足夠人力能好好照顧他們的收容所其實並不多）

要是你無法親自照顧撿到的流浪貓，

與其一時衝動救援，還不如置之不理。

出手前
請記得
審慎考慮

不論是救援還是領養，

行動前要三思，

行動後更要負責。

應該是從上週四或週五開始的,

唔…

……

喵喵
喵—
喵喵—

公寓樓下不停傳來貓叫聲,

這是…
我最害怕的聲音…

喵—
喵喵—

呼…

那是小貓的哭聲。

從公寓樓下傳來的聲音，
即便音量很小，也能清楚聽見。

因此，那些酒後高歌的聲音，
鄰居之間的怒吼謾罵聲，
呼嘯而過的摩托車聲，
回收垃圾的垃圾車聲，
街貓們的領域爭奪聲，
還有小貓找媽媽的哭聲等，
都會傳入耳裡。

但是在一片寬闊的停車場內，

往往很難分辨聲音從何處傳來，

心裡一直不希望遇見，卻還是
拿了一個罐頭下樓。

有時要是遇見比想像中大的貓咪，

自己反而還會遭殃。

逃走

哎呀…

所以我都會告訴自己，
最好不要再去理會…

小貓就這樣哭了兩天左右，
一直到上週日。

久違的外出。

就在沒走幾步路的時候，

喵喵—
喵喵—

喵喵—
喵喵—

幸好當時還有另外一位
阿姨在遠處守候。

他從前幾天就
一直在那裡了。

是吼？
我也是前幾天就一直聽
見有小貓的哭聲…

他媽媽在這花圃裡生下
他的，前幾天我看母貓
把孩子們都叼走了，但
只有這隻沒被帶走。

我也在等他媽媽，
看什麼時候會來…

啊！！
怎麼辦！

結果今天早上看他
已經快要奄奄一息了

所以趕緊先帶回我家
餵了點東西吃…

我和阿姨交換了聯絡方式以後，便抱著那隻小貓回家了。

要是依照自然法則，
這小子應該是難以存活的命運，
那才是最普遍的物競天擇、適者生存規律…

人類的惻隱之心，
對他們來說究竟是幫助，
還是過度干涉，就不得而知了。

不論如何，看著才剛出生不到一個月的小傢伙，
步履跟蹌地徘徊在停車場柏油路上，
因為失去媽媽而不斷喵喵哭喊，實在不忍心置之不理。

果然，又引發了一陣騷動。

不是用來辦公的工作室，而是
可以當作貓咪中途的工作室。

雖然是難以遵守的諾言，
但還是先說出口了。

小傢伙除了幾天沒進食、
有點消瘦外，整體看上去是健康的。

小心眼四重組
大概是這樣的情況。

🐾 可靠的哥哥 🐾

小傢伙來到我家大約過了兩週，

其他貓咪雖然不再對他保持高度警戒，

嗚嚕嚕嚕嚕

滾開，小子

挑釁　挑釁

我沒有很喜歡你，
但還是想幫你舔舔毛⋯

舔
舔
？

這是什麼？
軟軟鬆鬆的⋯

嗚嚕嚕⋯

小不點的傢伙，
要是等你再大一點
就死定了。

但是

第一個允許小傢伙待在身邊的是波比。

打我啊打我！！

挑釁

挑釁

你這小子…

抓

舔舔

掙扎

掙扎

咬!

啃咬
啃咬

老是看著這小傢伙，

突然覺得波比的背膀好寬。

?

波比—

※背帶：
　背寶寶用的布背巾。

這一篇的工作實況

🐾 掰掰，小喵 🐾

雖然已經不是第一次送養流浪貓了⋯
但是隨著送養次數越多，
心裡越是感到有負擔。

有時甚至會覺得，
我的選擇將左右一條生命的一生，
著實令我感到害怕恐懼。

呼⋯

跳起

真的再也ㄅ想
送養了⋯

不知道是不是因為之前
我有嚷嚷過想要弄幼貓中途⋯
所以就讓我遇見他⋯以後都不敢亂說話了⋯

然而，我也沒有信心養五隻貓。

光是要養第四隻的時候
就煩惱了我好久…

當初是因為波比被重新
送回我這裡，不得不養。

掙扎 掙扎

好吧…
不能再拖了。

於是，我在部落格上刊登了
正式送養文。

尋找可以成為小貓的家人。

未成年者恕不開放領養申請，
也不接受經濟尚未獨立的大學生、自住人士申請。
必須要有穩定工作或收入的社會人士，才符合領養資格。

所謂領養，是指在沒有血緣關係的條件下，與一般人結為法定親子關係之行為。
雖然領養貓咪無法直接代入上述文字，**但請務必審慎評估，切勿草率決定。**

個人認為，不能因為領養對象是貓咪就輕率看待這條生命，　**請想想未來 15 年，或者至少 10 年一起**
也絕對不能只是視如己出，而是從此以後就是你的親骨肉。　**生活的日子。**

這隻小喵不是什麼特殊品種的貓咪，

要是現在登入各大貓咪社團網站，一定可以看見無數隻和他長相相似、年紀相仿的貓咪也在等待好心人士領養。
鄰近的動保處也會有許多貓咪同樣在等待被領養。而他們要是在一週內沒有被成功領養的話，就會被執行安樂死，
願各位也可以對那些生命給予更多關懷。

他只是一隻普通的小貓，之後也會長大變成貓，並且和你一起生活一輩子。

拜託…
希望能夠遇到好的領養人士。

可能因為我寫的這篇文章帶有一點警告威脅的意味，

正式提出領養申請的人並不如我想像中多。

227

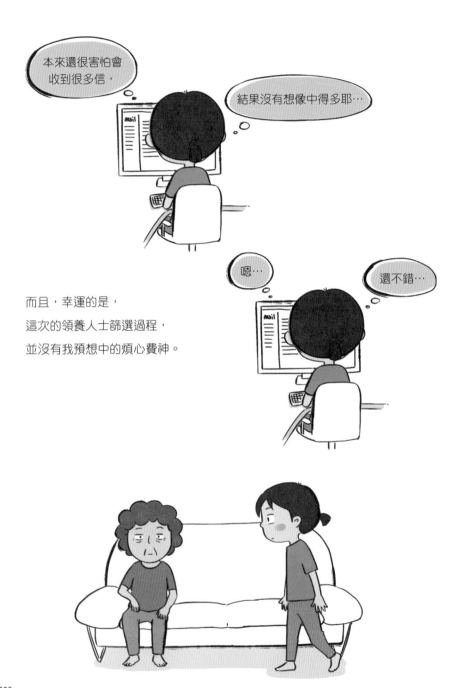

本來還很害怕會收到很多信，

結果沒有想像中得多耶…

而且，幸運的是，
這次的領養人士篩選過程，
並沒有我預想中的煩心費神。

嗯…

還不錯…

她說為了以防萬一，會先帶
孩子去醫院檢查會不會對貓
過敏，再告訴我結果。

幾天後，我收到了對方傳來檢查結果沒有過敏問題的信。

對我來說，

雖然四隻都很特殊也很珍貴，

但是其中尤其對查古有一種特殊情感。

與其在我們家當老五，
不如去人家家裡當老大，
能夠獲得更多的疼愛…

應該會和那一家的小朋友們一起玩耍長大…
也會看著他們慢慢成長吧…
就算他們長大成人，
也會永遠視他們為珍貴弟弟的那種貓咪…

領養家庭的背景條件固然重要，然而，
真正讓我感到放心的是，對方認真做事前準備、
學習養貓知識的態度。

我想要帶孩子們去一趟貓咖啡廳，也順便看看孩子們會如何對待貓咪。

我們在貓咖啡廳裡逗貓玩（影片）

我們家弟弟還太小，不知道會不會讓小喵有壓力，我和老公會再多注意的。

我們買了你推薦的那本書～會再好好研讀的。

可以請問一下您現在使用的飼料和貓砂是什麼牌子嗎？

我們相約兩週後來領走小喵

雖然可以再多相處一會兒很好…

但要是日久生情更捨不得送走就慘了…

幾年前和活潑國小貓的短暫同居，
為我們平靜的家重新注入了活力。

越接近那天的到來，心裡就越沉重。

不過⋯
他們一定很期待
見到小喵吧⋯？

我想起了十多年前，
和查古第一次見面的那個瞬間。

那撲通撲通⋯
心跳加速的悸動，
現在那一家人
應該也會有
同樣的感受⋯

這樣想，我的心裡也舒坦許多。

到那裡要過得幸福哦⋯

要吃飽睡暖喔⋯

知道嗎？

⋯願主守護這小生命的一生，

希望他可以為即將入住的
新家庭帶來歡笑與幸福，
成為珍貴的家族一員⋯

一輩子⋯得到滿滿的愛，
不受傷、不孤單⋯

讓他可以過得幸福美滿⋯

隔天，

這傢伙突然看見有陌生人進來，
馬上落荒而逃。

滿心期待的孩子們雖然很想要
趕快和貓咪變得親近，

不行！等等！
你們這樣會
嚇到他的。

小黃～

啊～

↑
逗貓玩具，
已經都先買好。

但越是那樣貓咪反而躲得越遠。

幹嘛…

別這樣…

面對貓咪老是逃走，
耐心已消磨殆盡的弟弟，

最終，只好被暫時隔離退場（？）

等室內變得比較安靜後，小喵緩緩走出。

波比～
來喝水～

嗯…？

好可愛啊！！

兩個小朋友
實在太可愛…

不喝嗎？

雖然那畫面只有短暫幾秒鐘，
但…感覺滿令人放心的。

正當相處氣氛
越來越融洽的時候…
弟弟回來了，

小喵也慢慢打開了心房。

啊哈～

撫摸…

撫摸貓咪的
手勢不錯…
不會恐懼
也不會粗魯。

啊哈～

哈哈哈～

孩子們玩開了。

這是在幹嘛…

哈

哈哈哈～

停止，
快下來！！

…還是是我想錯了…
小喵能夠在這兩個小
鬼間存活下去嗎…

雖然趁大家一陣騷動時，小喵又躲
進了房間，

不過
看他也滿快就能
適應的…應該
是時候了吧…？

等等還要長途移動呢，
不能再拖了。

但是，送走的時間到了。

小喵，我們
要準備走囉。

掰掰囉…

啾。

被放進陌生提籃的小子，
突然受到驚嚇不斷哀嚎。

在那瞬間⋯

我的靈魂已經飛走了一半。

波比一靠近提籃，
小喵就停止哭泣了。

然後彼此對望了幾秒鐘…

雖然很短暫，
但當下時間彷彿停止般寧靜。

在那短時間內，
他倆究竟說了些什麼呢…

就這樣，小喵和他們一起離開了。

然後我則是…

嗚嗚…

嗚…

獨自走到人煙稀少的公寓後院裡，
把強忍住的淚水通通流光才回到家裡。

我真的…
再也！！！
不做送養這種事了…

嗚嗚…

過了一小時左右…
小喵的媽媽傳來了照片。

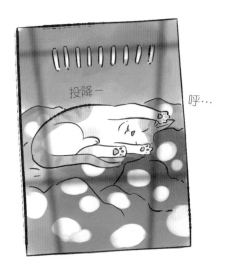

我不再擔心他適不適應，
只是對於離別仍感不捨。

隔天，眼淚還是像水龍頭一樣
不受控制地直流。

聽說小喵取了新名字叫做老虎。

他大了第一坨大便～

他正在和我們家
弟弟上演
老鼠玩偶爭奪戰。

老大將他
取名為老虎，
姓金名老虎～

他現在是大腿虎～

他和我們家弟弟
玩得很好哦～

嘻嘻

小子離開後過了整整一天，
眼淚也終於止住了。

嗯…

終於哭
完了嗎…？

然後，現在…

不過就像這樣，

到現在還是有一點後遺症。

命運的分岔路

小子被領養後沒多久…

哦？

我在第一次發現小喵的地方，
見到了和他長得很像的貓咪家族。

簡直一模一樣…
連耳尖是白色的都一樣…

應該是小喵的媽媽
和兄弟姊妹…

原來他們都很安好，太好了…

為什麼會獨留小喵一人呢…？

翻滾

為什麼不帶走自己的孩子，最終被人類撿走呢…？

好吧，不管是什麼理由，

喵～

你們在這裡過著流浪的生活，

小喵則是去了新的家庭，

各自有了不一樣的命運安排，
也過著不一樣的人生。

不論你們分別
住在哪裡⋯
但願⋯

都能夠在有生之年，過得幸福快樂就好了。

無敵可愛的「小喵」。

掰掰～

完

關於貓咪的大小事1

要格外小心的
貓咪疾病

其實與貓咪同住，

要小心的人畜共患傳染病並不多。

最常見的是「錢癬（皮膚黴菌病）」，

毛小孩會像這樣掉毛，
所以會發現一塊禿禿的…

而人類則是像蓋了印章一樣，
出現一圈紅色的圓形疹。

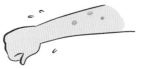

雖然這會使你有點搔癢難耐，但是只要認真曬太陽，

擦一點香港腳的藥膏，過幾天就會消失…

呦喟，
好癢…

但我個人是自從
住在塑膠屋裡以後，
就有類似的皮膚問題，
困擾我好久。
可能是因為住在潮濕又陰暗的
環境所導致。

後來被貓咪傳染時，則是很快就恢復了。

除此之外，還有媒體經常拿來嚇唬人的
貓咪寄生蟲「弓漿蟲」。

雖然這樣看起來感覺好像很危險…

如果你真的很擔心弓漿蟲的話，
比起貓咪，反而要更小心吃
生肉或生魚片等未經煮熟的肉類，
更能夠有效預防。
因為透過生肉、沒洗乾淨的蔬菜、
土壤等傳染的機率更高。

就算不太有趣也
大概瞭解一下吧。

透過貓咪糞便感染的機率極低，

而且貓咪一生中排出弓漿蟲卵囊的時間只有兩週
（唯有在貓咪確定有感染的情況下，
　　而且只要感染過一次就會產生抗體，不會重複感染。）
尤其在韓國的土壤和水源中，
幾乎不存在弓漿蟲。

所以呢…通常只有在家裡活動，
整天睡懶覺，一輩子從未見過真正的老鼠，
也從不吃生肉的家貓，會感染弓漿蟲的機率…

就和從來不買刮刮樂的我，
偶然在路上撿到一張，
而且還中了頭彩一樣渺小…

呼…

難得穿上西裝，結果
還沒找到脫下的時機。

實際上近二十年來，
確診為弓漿蟲造成的胎兒影響病例只有兩件，
而這兩起病例都證實並非來自貓咪，
而是在進行農作時被感染。

276

原來如此。
不過，如果是有計畫懷孕
或正在懷孕中的孕婦，
建議還是到醫院
做個檢查會比較安心。

如果已經有抗體就不必太擔心，要是沒有抗體，
則注意貓咪外出不要太頻繁，清掃糞便時也要注意衛生，
不要吃生肉，蔬菜則要確實清洗乾淨再食用即可。

嗯…
不過話說回來…

這只是題外話，
好像有很多人
對貓咪會過敏…

那麼會不會有些貓
對人類過敏呢？

像之前…
只要查古和我有肢體接觸後，

查古~
我們家的
公主~

就會打噴嚏。

雖然到現在
還不知道是什麼原因，但是幸好
目前已經不會這樣了。

完

關於貓咪的大小事2

如何照顧尚未斷奶的幼貓

喵一
喵一

如果要在沒有母貓的情況下，
照顧需要喝奶的小貓。

1. 請保持小貓身體溫暖。

只要不是嚴重沾染到排泄物，盡可能不要為小貓
洗澡。基本上只要用濕毛巾幫忙擦拭清潔，
再用乾毛巾擦乾保持身體溫暖即可。

我怕冷…

然後為小貓準備一個紙箱型或洞穴型
的坐墊，製造專屬於小貓的空間。

溫暖　溫暖

← 為了讓小貓能夠在裡面
安心睡覺，可以利用毛巾或
毛毯蓋上，保持昏暗溫暖。

不論是在電毯上鋪毯子，
或者放入用毛巾裹著的
溫水瓶，
都可以使小貓感到溫暖。

2. 為小貓進行人工餵奶

請準備貓咪專用的奶粉（或者初乳）和奶瓶，進行餵奶。

對於嘴巴還小的小貓來說，奶
嘴最好選這種形狀的產品較為
合適。（Bell Bird牌奶瓶）

要是無法立即購買到貓咪專用的奶粉，
也可使用我們人在喝的「無乳糖」或
「好消化」牛奶加熱餵食。一般的牛奶
容易使他們消化不良，導致腹瀉，
所以不建議使用。

奶嘴可以剪出5mm左右的十字孔後使用，
只要將瓶身倒放時，
奶會一滴一滴滴下來的程度即可。

餵奶時，
一定要讓小貓維持趴姿喝奶。

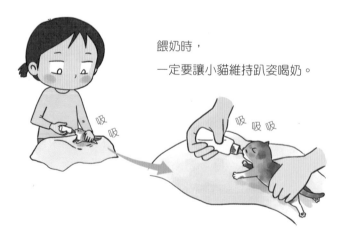

280

如果按壓奶瓶強迫小貓喝奶，
牛奶就會很容易流向支氣管引發肺炎，
因此，餵奶時記得要確認小貓有沒有好好一口一口吞食。

餵奶則是2～4小時
餵一次即可。

第一個月通常會需要
沒日沒夜地餵奶。

等小貓長牙，出生一個月左右後，
就可以慢慢開始搭配副食品餵食。

小貓用飼料＋水或牛奶

3. 誘導小貓排便

出生一個月以上的小貓，通常都可以使用專用貓砂製
成的貓廁自行排便，但是對於還不太能控制自己身體
的幼幼貓來說，上廁所這件事還是需要人協助。

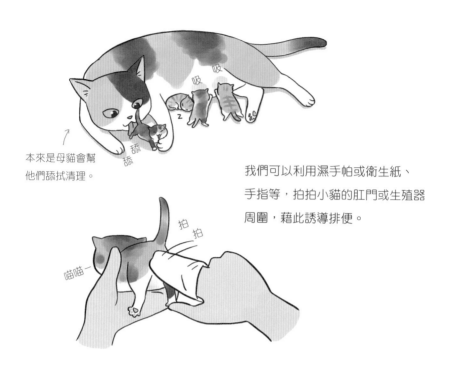

本來是母貓會幫
他們舔拭清理。

我們可以利用濕手帕或衛生紙、
手指等，拍拍小貓的肛門或生殖器
周圍，藉此誘導排便。

然後等小貓逐漸會走路的時候，可以
為他打造一個用碎紙代替貓砂的臨時
廁所，讓他自行練習排便。

自己也可以排便！

太小的貓咪如果放在
鋪有貓砂的廁所裡，
很可能會誤食貓砂，
所以建議先用鋪滿紙
的廁所來訓練排便。

以上是為了緊急時方便參考所整理，
更詳細的資訊還請查閱網路相關社團或書籍。

一起來　好 018

我貓故我在

作　　者：蔡有利（재유리）
譯　　者：尹嘉玄
責任編輯：楊惠琪
製作協力：蔡欣育
總 編 輯：陳旭華
社　　長：郭重興
發行人兼出版總監：曾大福

編輯出版：一起來出版
發　　行：遠足文化事業股份有限公司
　　　　　www.bookrep.com.tw
地　　址：23141 新北市新店區民權路 108-2 號 9 樓
客服專線：02-22181417
傳　　真：02-86671065
郵撥帳號：19504465
戶　　名：遠足文化事業股份有限公司
法律顧問：華洋國際專利商標事務所　蘇文生律師
初版一刷：2017 年 12 月
定　　價：360 元

보짜툰 3

國家圖書館出版品預行編目 (CIP) 資料

我貓故我在 / 蔡有利著；尹嘉玄譯 . -- 初版 .
-- 新北市：一起來出版：遠足文化發行 , 2017.12
　　面；　公分 . -- (一起來好 ; 18)
ISBN 978-986-95596-1-4(平裝)

　　　　　　　862.6　　　　106019171